선 물

선물

나태주 시 · 윤문영 그림

푸른길

책을 내며

일찍부터 그림과 시는 홀로 존재하지 않았다.

시는 언어로 그리는 그림이고 그림은 형과 색으로 쓰는 시라는

생각이 그것이다.

이러한 생각에 바탕하여 언제부턴가 나는 시화집 한 권을 갖고 싶었다.

그것도 내가 제일로 좋아하는 윤문영 화백의 그림과 함께하는

시화집이었다.

이제 그 꿈을 이루려고 한다.

이 책에서 나의 시는 나 혼자의 시가 아니고,

윤문영 화백의 그림 또한 윤문영 화백만의 그림이 아니다.

그 둘을 합쳐서 또 다른 무엇의 세계다.

시가 그림을 만나 더욱 깊어지고,

그림이 시를 만나 더욱 아름다워지는 나라.

그림과 시가 하나가 되는 원융의 세계.

그 나라와 그 세계에 감격하고 감사한다.

2014년 봄, 나태주

실은 순서

시가 그림을 만나 더욱 깊어지고, 그림이 시를 만나 더욱 아름다워지는 나라. 그림과 시가 하나가 되는 원융의 세계. 그 나라와 그 세계에 감격하고 감사한다.

풍경

이 그림에서
당신을 빼낸다면
그것이 내 최악의 인생입니다.

봄

새들이 보고 있어요
우리 둘이 어깨 비비고
걸어가는 것

꽃들이 웃고 있어요
우리 둘이 눈으로 말하고
이야기하고 있는 것.

집

얼마나 떠나기 싫었던가!
얼마나 돌아오고 싶었던가!

낡은 옷과 낡은
신발이 기다리는 곳

여기,
바로 여기.

연애

날마다 잠에서
깨어나자마자 당신 생각을
마음속 말을 당신과 함께
첫 번째 기도를 또 당신을 위해

그런 형벌의 시절도 있었다.

완성

집에 밥이 있어도 나는
아내 없으면 밥을 먹지 않는 사람

내가 데려다 주지 않으면 아내는
서울 딸네 집에도 가지 못하는 사람

우리는 이렇게 함께 살면서
반편이 인간으로 완성되고 말았다.

기도

한 가지 말씀만
한 가지 소원만

하나님이 알아들으실 때까지
하나님이 들어주실 때까지

어린아이가 울면서
엄마한테 떼를 쓰듯이.

십일월

돌아가기엔 이미 너무 많이 와 버렸고
버리기에는 차마 아까운 시간입니다

어디선가 서리 맞은 어린 장미 한송이
피를 문 입술로 이쪽을 보고 있을 것만 같습니다

낮이 조금 더 짧아졌습니다
더욱 그대를 사랑해야 하겠습니다.

My

섬에서

그대, 오늘

볼 때마다 새롭고

만날 때마다 반갑고

생각날 때마다 사랑스런

그런 사람이었으면 좋겠습니다

풍경이 그러하듯이

풀잎이 그렇고

나무가 그러하듯이.

서양 붓꽃

거짓말인 줄 알면서도
눈물 납니다

꽃이 진다고 세상이
달라질 것도 없는데

가슴이 미어집니다.

My

별 · 2

제비꽃같이
꽃다지같이

작고도 못생긴
아이

왜 거기
있는 거냐?

왜 거기 울먹울먹
그러고 있는 거냐?

개양귀비

생각은 언제나 빠르고
각성은 언제나 느려

그렇게 하루나 이틀
가슴에 핏물이 고여

흔들리는 마음 자주
너에게 들키고

너에게로 향하는 눈빛 자주
사람들한테도 들킨다.

쾌청

참 맑은 하늘
그리고 파랑

멀리 너의 드높은
까투리 웃음소리라도
들릴 듯….

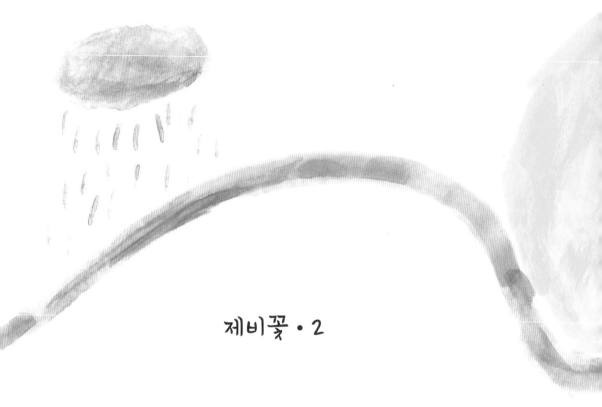

제비꽃 · 2

눈이 작은 아이 하나
울고 있네
흐린 하늘 아래

귀가 작은 아이 하나
웃고 있네
해가 떴다고.

핸드폰 시·2
– 구름

구름 높은 구름
좋다 내 마음도 높이 떴다

구름 하얀 구름
좋다 내 마음도 하얗다

거기 너도 있다
좋다 너도 웃는 얼굴이다.

못난이 인형

못나서 오히려 귀엽구나
작은 눈 찌푸러진 얼굴

에게게 금방이라도 울음보
터뜨릴 것 같네

그래도 사랑한다 애야
너를 사랑한다.

날마다 기도

간구의 첫 번째 사람은 너이고
참회의 첫 번째 이름 또한 너이다.

선물 가게

줄 사람도 만만치 않으면서
예쁜 물건만 보면 자꾸만
사고 싶어지는 마음.

섬

너와 나
손잡고 눈 감고 왔던 길

이미 내 옆에 네가 없으니
어찌할까?

돌아가는 길 몰라 여기
나 혼자 울고만 있네.

좋다

좋아요

좋다고 하니까 나도 좋다.

사는 법

그리운 날은 그림을 그리고
쓸쓸한 날은 음악을 들었다

그리고도 남는 날은
너를 생각해야만 했다.

여인

품 안에
뭉클
안기는 바다

엎질어질라.

풀꽃·3

기죽지 말고 살아 봐

꽃 피워 봐

참 좋아.

그리움·2

더는 참을 수 없다
이제는 먹을 갈아야지.

산책

백합꽃 향기 너무 진하여 저녁때
대문이 절로 열렸네.

좋은 날

하고 싶은 일을 하니 좋고
하고 싶지 않은 일을 하지 않으니
더욱 좋다.

My

여행

떠나온 곳으로 다시는
돌아갈 수 없다는 걸 알기까지는
많은 시간이 필요했다.

인사

별일 없었나요?
예, 나도 별일 없었어요
어쩌다 나누는
인사가 정겹다

좋아 보이네요
예, 그쪽도 좋아 보이네요
어쩌다 던지는
한마디가 고맙다.

이 가을에

아직도 너를
사랑해서 슬프다.

묘비명

많이 보고 싶겠지만
조금만 참자.

생명

누군가 죽어서
밥이다

더 많이 죽어서
반찬이다

잘 살아야겠다.

꽃·1

다시 한 번만 사랑하고
다시 한 번만 죄를 짓고
다시 한 번만 용서를 받자

그래서 봄이다.

두 여자

한 여자로부터
버림받는 순간
나는 시인이 되었고

한 여자로부터
용납되는 순간
나는 남편이 되었다.

동백

짧게 피었다 지기에
꽃이다

잠시 머물다 가기에
사랑이다

눈보라 먼지바람 속
피를 삼킨 통곡이여.

풀꽃·1

자세히 보아야
예쁘다

오래 보아야
사랑스럽다

너도 그렇다.

My

시인 학교

남의 외로움 사 줄 생각은 하지 않고
제 외로움만 사 달라 조른다
모두가 외로움의 보따리장수.

앉은뱅이꽃

발밑에 가여운 것
밟지 마라,
그 꽃 밟으면 귀양 간단다
그 꽃 밟으면 죄 받는단다.

My

시·2

그냥 줍는 것이다

길거리나 사람들 사이에
버려진 채 빛나는
마음의 보석들.

83

그리움·1

햇빛이 너무 좋아
혼자 왔다 혼자
돌아갑니다.

송년

별 말이 없어도
잘 살고 있다고 믿어 다오.

제비꽃·1

그대 떠난 자리에
나 혼자 남아
쓸쓸한 날
제비꽃이 피었습니다
다른 날보다 더 예쁘게
피었습니다.

My

희망

그대 만나러 갈 땐
그대 만날 희망으로
숨 쉬고

그대 만나고 돌아올 땐
그대 다시 만날 날을 기다리는
희망으로 또한 나는
숨 쉽니다.

아름다운 사람

아름다운 사람
눈을 둘 곳이 없다
바라볼 수도 없고
그렇다고 아니 바라볼 수도 없고
그저 눈이
부시기만 한 사람.

이 봄날에

봄날에, 이 봄날에
살아만 있다면
다시 한 번 실연을 당하고
밤을 새워
벽에 머리를 쥐어박으며
운다 해도 나쁘지 않겠다.

안개

흐려진 얼굴
잊혀진 생각
그러나 가슴 아프다.

my

부탁

너무 멀리까지는 가지 말아라
사랑아

모습 보이는 곳까지만
목소리 들리는 곳까지만 가거라

돌아오는 길 잊을까 걱정이다
사랑아.

잠들기 전 기도

하나님
오늘도 하루
잘 살고 죽습니다
내일 아침 잊지 말고
깨워 주십시오.

My

안부

오래
보고 싶었다

오래
만나지 못했다

잘 있노라니
그것만 고마웠다.

좋은 사람

거기 그냥 계시기 바래요
그 자리 오래 지키고 계시기 바래요
생각나면 이쪽에서 언제라도
찾아가겠습니다.

행복

저녁때
돌아갈 집이 있다는 것

힘들 때
마음속으로 생각할 사람 있다는 것

외로울 때
혼자서 부를 노래 있다는 것.

당신

이 세상 무엇 하러 살았나?

최후의 친구 한 사람
만나기 위해서 살았지

바로 당신.

무인도

바다에 가서 며칠
섬을 보고 왔더니
아내가 섬이 되어 있었다
섬 가운데서도
무인도가 되어 있었다.

My

약속

어제는 잊혀진 약속이고
내일은 지키기 어려운 약속이다

다만 약속이 있다면 오늘
오늘의 약속은 사랑.

선물

하늘 아래 내가 받은
가장 커다란 선물은
오늘입니다

오늘 받은 선물 가운데서도
가장 아름다운 선물은
당신입니다

당신 나지막한 목소리와

웃는 얼굴, 콧노래 한 구절이면

한아름 바다를 안은 듯한 기쁨이겠습니다.

시·1

마당을 쓸었습니다
지구 한 모퉁이가 깨끗해졌습니다

꽃 한 송이 피었습니다
지구 한 모퉁이가 아름다워졌습니다

마음속에 시 하나 싹텄습니다
지구 한 모퉁이가 밝아졌습니다

나는 지금 그대를 사랑합니다
지구 한 모퉁이가 더욱 깨끗해지고
아름다워졌습니다.

멀리서 빈다

어딘가 내가 모르는 곳에
보이지 않는 꽃처럼 웃고 있는
너 한 사람으로 하여 세상은
다시 한 번 눈부신 아침이 되고

어딘가 내가 모르는 곳에
보이지 않는 풀잎처럼 숨 쉬고 있는
나 한 사람으로 하여 세상은
다시 한 번 고요한 저녁이 온다

가을이다, 부디 아프지 마라.

새로 봄

겨울을 이겨야 봄이지요
여전히 살아 있는 목숨이어야 봄이지요
그러니 봄이 기적이 아닌가요

새로 꽃이 피어야 봄이지요
새로 잎이 나고 새가 울어야 봄이지요
그러니 봄이 더욱 기적이 아닌가요.

화살 기도

아직도 남아 있는 아름다운 일들을
이루게 하여 주소서
아직도 만나야 할 좋은 사람들을
만나게 하여 주소서
아멘이라고 말할 때
네 얼굴이 떠올랐다
퍼뜩 놀라 그만 나는
눈을 뜨고 말았다.

새해 아침

언제나 좋은 벗

당신의 향기가
나를 살립니다.

선물 _ 나태주 · 윤문영 시화집

초판 1쇄 발행 2014년 5월 6일
초판 4쇄 발행 2022년 5월 16일

글쓴이 나태주
그린이 윤문영

펴낸이 김선기
펴낸곳 (주)푸른길
출판등록 1996년 4월 12일 제16-1292호
주소 (08377) 서울시 구로구 디지털로 33길 48 대륭포스트타워 7차 1008호
전화 02-523-2907, 6942-9570~2
팩스 02-523-2951
이메일 purungilbook@naver.com
홈페이지 www.purungil.co.kr

ISBN 978-89-6291-254-8 03810